MATHILDE,

OU

La Fiancée du Kinast,

BALLADE IMITÉE DE KŒRNER ;

PAR F. DELCROIX.

2e ÉDITION.

A PARIS,

CHEZ PÉLICIER, LIBRAIRE,

PLACE DU PALAIS ROYAL, Nº 245.

Mathilde,

OU

La Fiancée du Kinast.

1827

IMPRIMÉ CHEZ A. F. HUREZ, A CAMBRAI.

MATHILDE,

OU

La Fiancée du Kinast,

BALLADE IMITÉE DE KŒRNER;

PAR F. DELCROIX.

2ᵉ ÉDITION.

PARIS,

CHEZ PÉLICIER, LIBRAIRE,

PLACE DU PALAIS ROYAL, N° 243.

« Le *Kinast* était un ancien château dont il ne reste plus que les ruines, situé au côté nord des monts Géants, entre la Silésie et la Moravie. Ses murs dominent un affreux précipice, hérissé de rochers, dont l'œil ne peut atteindre le fond, et que l'on a nommé l'*Enfer*.

» Ce château fut bâti en 1592, par un duc de Bolka ; il devint ensuite la propriété des comtes de Schaffgosch. En 1675, il fut détruit par un incendie, et c'est une des ruines les plus remarquables des environs de Hirschberg. L'aventure qui fait le sujet de cette ballade est encore dans la bouche de tous les paysans de la contrée. »

J'emprunte textuellement la note qui précède à M. *Ferdinand Flocon*, auteur de la traduction en prose de diverses ballades allemandes tirées de *Bürger*, *Kœrner* et *Rosegarten*.

Mathilde,

ou

LA FIANCÉE DU KINAST.

« Morituri te salutant ! »

Que veut donc au château cette foule nombreuse

Qui, s'avançant respectueuse,

Par intervalle éclate en de confus discours ?

Le pont-mouvant s'abaisse; elle entre dans les cours.

De tous les points de ce vaste domaine,

Suivant l'usage admis aux siècles d'autrefois,

Serfs, vassaux, péagers accourent à la fois.

La comtesse Mathilde, aimable châtelaine,

Des terres d'alentour était la suzeraine :

Ils viennent réunis la prier à genoux

De prêter à leurs vœux une oreille docile,

Et, pour le bien commun, de choisir un époux,

Sans lui dicter ce choix, que des attraits si doux

Et de nobles amans sauront rendre facile.

« Le comte, notre sire, a vu son dernier jour.

» Le pays a besoin d'un maître, et le réclame :

» C'est pourquoi nous osons vous supplier, Madame,

» D'octroyer pour l'hymen audience à l'amour. »

A lui plaire empressés, guerriers de haut lignage

De Mathilde avec joie auraient formé la cour ;

Mais libre, et d'un époux craignant l'humeur sauvage,

La jeune châtelaine à leur galant servage

N'accorda jusqu'ici créance ni retour.

De ses vassaux elle reçoit l'hommage,

Triste, et couverte encor des longs voiles du deuil;

Elle entend leur supplique, et leur tient ce langage

Qu'à son cœur cependant n'a point dicté l'orgueil :

« Aisément à vos vœux je me rendrais sans doute;

» Mais, pour donner ma main, des plus déterminés

» J'ose attendre un effort (à regret je l'ajoute)

» Dont ces nobles seigneurs pourront être étonnés. »

Et des servans d'amour la foule qui l'écoute,

D'une commune voix, dit soudain : ordonnez !

—« Sur les murs du château, mon père que je pleure,

» Un jour, seul et distrait, parcourait sa demeure.

» De la route facile un moment détourné,

» Vous le savez, troublé par un noir maléfice,

» Du côté de l'*Enfer* il se vit entraîné :

» Il regarde, il chancèle; et l'affreux précipice

» Engloutit pour jamais ce père infortuné.

» A demander ma main si quelqu'un persévère ,

» Que , pour faire éclater son courage et sa foi,

» Au-dessus de l'abîme il passe sans effroi :

» Mathilde alors pour lui se montrant moins sévère,

» Il pourra l'obtenir et disposer de moi;

» Car , le cœur attristé par la mort de mon père ,

» Je ne veux pas, au gré de quelque sort jaloux ,

» Porter encore après le deuil de mon époux.

» Ma loi vous est connue : au mortel plein d'audace

» Qui, sans se démentir, sur un coursier monté,

» De ces rochers étroits saura franchir l'espace,

» Aujourd'hui je m'engage; et lui seul écouté

» Verra, sous son pouvoir, finir ma liberté.

» Chevaliers, je le jure! . . . . » En secret, la princesse

S'applaudit d'un parti favorable à ses vœux.

Bientôt comtes, barons, la fleur de la noblesse,

S'éloignent; seulement, quelques-uns de ces preux

S'éduits par ses attraits moins que par sa richesse,

Aux biens qu'ils convoitaient souriant à l'écart,

Se promettent tout bas de courir ce hasard;

Mais du haut du *Kinast,* où chacun d'eux s'empresse,

A peine dans l'abîme ils plongent un regard,

Le seul aspect du gouffre a glacé leur tendresse;

Le château fut désert. — Heureuse de prévoir

Qu'elle va, solitaire, au fond du vieux manoir,

A son père expiré longtemps donner des larmes,

Mathilde, la première, eût douté de ses charmes,

Et ses yeux ingénus, ignorant leur pouvoir,

Sur l'obscur avenir se fixaient sans alarmes.

Mais combien l'avenir lui gardait de tourmens !

La flamme qu'elle allume au cœur de ses amans,

Loin d'elle et sans espoir, n'est jamais étouffée ;

Elle vit éternelle ; et dans ses yeux charmants

Se cache un doux poison, présent de quelque fée.

Mathilde, crains toi-même un présent si fatal !

Tes maux, d'avance écrits sur ce front virginal,

De plus d'une infortune hélas ! sauront t'absoudre ;

Et nul impunément ne peut lancer la foudre !

On a vu s'avancer vers le noble séjour

Un jeune chevalier à Mathilde fidèle.

Aujourd'hui, parmi nous, montrez-moi le modèle

D'un courage si grand, d'un si parfait amour !

Le comte Albert, déjà fameux dans la contrée,

Sensible, valeureux, incapable d'effroi,

Vient tenter une épreuve ardemment désirée,

Pour y trouver la mort ou le prix de sa foi.

Dans son appartement la comtesse est assise :

Sa terreur a pu seule égaler sa surprise.

Eh! comment supposer que sur l'affreux rempart

Un homme osât chercher sa perte manifeste?

Ses serviteurs au comte envoyés sans retard

Viennent le détourner d'un dessein si funeste,

Et long-temps en son nom le pressent, mais en vain :

Il dit qu'il veut mourir ou mériter sa main.

Le cœur alors rempli d'une douleur mortelle,

La comtesse frémit, et le mande auprès d'elle.

« A ma prière ici ne vous refusez pas :

» Oui, pour moi, d'un héros l'infaillible trépas

» Serait d'amers chagrins une source éternelle.

» Seigneur, puisque je dois vous parler sans détour,

» Il est vrai que pour vous mon cœur n'a point

      » d'amour ;

» Mais qui ne vous plaindrait, considérant votre

      » âge,

» Tant de jeunesse, ô ciel ! avec tant de courage ?

» Ce désir insensé n'est pas de la valeur,

» N'est pas de la vertu ; non, croyez-moi, Seigneur,

» De vos jours glorieux prêt à rompre la trame,

» Un démon malfaisant l'a soufflé dans votre âme.

» Hélas ! de l'existence et du sort des humains

» Jamais je n'ai voulu me faire un jeu barbare ;

» Je voulais rester libre, et crus, je le déclare,

» Que nul ne tenterait ces horribles chemins.

» Malheureux ! à ta vie, à ton salut contraire,

» Abandonne à l'instant ce dessein téméraire.

» De ton brillant courage ô quel stérile emploi !

» Si ton cœur m'est soumis et s'il est vrai qu'il m'aime,

» Vois mes larmes couler et prends pitié de moi ;

» O jeune infortuné, prends pitié de toi-même ! »

Mais Mathilde à ses pieds l'implorait vainement :
Le héros a juré d'accomplir son serment.

   « De mon trépas, non, tu n'es pas la cause.

» Un pouvoir enchanteur de mon être dispose :

» J'obéis à l'Amour ; il me protégera.

» Heur ou malheur, n'importe ; advienne que pourra ! »

Sur son blanc palefroi le voici qui s'élance !

Ses tristes écuyers l'entourent en silence ;

   Dans le château la foule plaint son sort ;

L'aumônier le bénit ; et tandis qu'il s'apprête

   A mériter, par un sublime effort,

Celle que l'on revêt de ses habits de fête,

Qui pleure, et qu'un amant contemple avec trans

      port,

Trois fois sur la tourelle a sonné la trompette :

Est-ce un signal d'amour ? est-ce un signal de mort ?

   Et déjà fournissant la terrible carrière ,

Le coursier ne peut plus retourner en arrière.

A présent son destin va dépendre de Dieu.

Déjà, du mur étroit que tapisse le lierre,

O bonheur ! il est près d'atteindre le milieu ;

Et son maître, avec grâce et d'une main légère,

A la comtesse encor jette un baiser d'adieu.

Calme, Albert ne ressent ni frayeur, ni vertige.

Le hardi destrier marche d'un pas égal;

Car il sait, connaissant celui qui le dirige,

Qu'il doit porter sans crainte un guerrier sans rival.

Mais ô destin cruel! ô trop noble victime!

Dieu! quel long cri d'effroi tout-à-coup retentit!

Une pierre sous lui se détache : l'abîme

  Tous deux les engloutit...

  Pâle, sans mouvement et d'horreur expirante,

La comtesse Mathilde est saisie aussitôt

  Par une fièvre dévorante.

Long-temps elle resta désolée et souffrante,

Etouffant dans son âme un pénible sanglot;

Mais à peine elle est mieux, trois frères se présentent.

Empressés d'acquitter leur serment inhumain ,

Du château paternel avec joie ils s'absentent ;

Tous trois veulent mourir ou mériter sa main.

Maudissant sa beauté , sa beauté trop fatale ,

« Ah! renoncez, dit-elle, à ce projet affreux.

» Sur un trépas récent quand ma douleur s'exhale ,

» Ne brisez pas mon cœur, déjà si malheureux !

» Un héros a péri : quoi ! voulez-vous encore

» Que tous trois aujourd'hui le gouffre vous dévore?

» Votre père éploré par moi devra-t-il voir

» Finir sa race tout entière?

» Non , je saurai vous rendre au bonheur, au devoir.

» Partagez-vous mes biens, Seigneurs ; à ma prière,

» Retournez consoler ce père au désespoir ;

» Retournez ; ou bientôt, privés de la lumière,

» Nul de vous près de lui ne viendra plus s'asseoir. »

Ainsi les conjurait Mathilde suppliante ;

Et ses pleurs, qui doublaient l'éclat de sa beauté,

    Rendaient leur flamme plus ardente ;

Et chacun réclamait les saints nœuds du traité.

« Nous sommes tous les trois d'une noble famille ;

» Et si le comte Albert a pu mourir pour vous,

» Armés des mêmes droits et forts d'un prix si doux,

» Nous voulons qu'à son tour notre courage brille ! »

    L'aîné, jaloux d'un périlleux laurier,

Revendique l'honneur de monter le premier

    Sur ces murailles meurtrières.

Il a serré, joyeux, la main de ses deux frères ;

    Vers la comtesse il tourne un œil brûlant ;

Puis il part ; mais bientôt ses frères, se troublant,

 Aux cris confus d'une horreur unanime,

Sous les pas du héros ont vu le gouffre ouvert :

Le cheval effrayé se dressait sur l'abîme. . . . .

Le mur qu'il parcourait soudain resta désert.

 Le second, dévorant sa souffrance muette,

Lève au ciel un regard où le courroux a lui.

Plein de rage, on dirait qu'en aveugle il se jette

Au devant du trépas qui l'attend aujourd'hui.

Sur ces rochers à peine intrépide il s'avance,

Le cavalier chancèle, et la foule pâlit.

Fier athlète ! il fallait que ton sort s'accomplît :

Ta vue osa sonder la profondeur immense

         Du gouffre qui t'ensevelit !

Et sans voix et glacés comme dans la mort même,

Les nombreux assistans frémissent de terreur.

Alors, pour prévenir un semblable malheur,

Mathilde essaye encor de fléchir le troisième :

« Sauvez, sauvez vos jours, dit-elle ; en cet instant

» Votre témérité ne serait que démence.

» Fuyez ; n'imitez pas leur coupable imprudence.

» Dans sa retraite en deuil un père vous attend :

» Ah ! Seigneur, laissez-lui, pour calmer sa souf-
  » france,

» Son dernier héritier, sa dernière espérance :

» Que dis-je ? à ma misère épargnez un remord.

» Guerrier trop courageux, vous marchez à la mort. »

— « Moi, qu'un trouble honteux tout-à-coup me
  » retienne !

» Moi reculer, Madame ! ah ! ne l'espérez pas !

» A qui va, plus heureux, conquérir tant d'appas

» Cette noble entreprise est commune; elle est

  » mienne;

» Et, quand j'y dois courir, quelle puissance hu-

  » maine

» A l'heure du péril s'opposant à mes pas,

» Peut, au prix de l'honneur, me frustrer du trépas?

» Que mon père apprenant cette scène cruelle,

» Sache au moins (son orgueil m'applaudira tout

  » bas)

» Qu'à mes frères chéris je suis resté fidèle ! »

Il dit : presse les flancs de son coursier; sa main

S'étend pour saluer la fiancée en larmes;

Et, dans le gouffre encor disparaissant soudain,

Nul depuis n'a revu ni ses traits, ni ses armes.

Mathilde. . . . O triste effet d'un spectacle odieux !

Ses femmes l'entouraient ; leurs bras officieux

Sur sa couche bientôt la déposent mourante.

Les trois frères martyrs sont là devant ses yeux ;

A toute heure il lui semble entendre leurs adieux ;

Et son rare sommeil et sa veille sanglante

Lui portant tour à tour de douloureux accens,

D'une terreur égale épouvantent ses sens.

« O vierge ! ô du Kinast aimable fiancée !

» Sens-tu ce baiser froid sur ta bouche glacée ?

» Près de toi plus long-temps nous ne pouvons

       » rester :

» Adieu, voici le jour : le coq vient de chanter.

» Dans l'abîme à regret nous rentrons ; sur la

       » terre

» Nos yeux avec amour te regardaient naguère :

» Avec impatience à présent chez les morts

» Nous t'attendons. » Ainsi, malgré tous les efforts

De l'art qui des humains seconde la tendresse,

De sombres visions la tourmentent sans cesse ;

Et la tombe s'ouvrait pour finir son malheur.

Dans cette lutte enfin triomphe sa jeunesse.

O vous qui l'entourez, rendez grâce au Seigneur !

Tout danger disparaît ; mais la triste comtesse

Renaît à la lumière et non pas au bonheur.

Quelquefois rejetant un regard sur sa vie,

Hélas ! elle n'y voit que peine et que douleur.

Les hommes de ses jours ont détruit la douceur ;

A leur abord fatal la paix lui fut ravie,

Et la haine pour eux prit racine en son cœur.

Sans réveiller en elle une pensée amère,

Jamais adolescent ne se montre à ses yeux.

Lorsque le doux printemps vient rajeunir la terre,

L'aspect des champs aigrit sa douleur solitaire ;

Et le printemps, l'amour, tout lui semble odieux.

« Quel changement ! naguère innocente et tranquille,

» De quel deuil aujourd'hui ma demeure est l'asile !

» Sur les bords de l'*Enfer* ah ! vous pouvez courir,

» Cruels, chacun de vous a bien droit d'y périr ! »

Maint chevalier d'humeur aventureuse

Voulut tenter encor la course périlleuse.

Sans peine et sans plaisir elle accorda leur vœu.

Nul ne revint. — La noble demoiselle

Regardait froidement du haut de la tourelle.

En foule ils succombaient : pour elle c'était peu.

Rien n'altère un moment ce visage immobile.

Mais, contre un doux regret à combattre inhabile,

De ce calme effrayant quand parfois elle sort

Et peut verser des pleurs, heureuse d'en répandre,

Son œil, qui vers le ciel se lève avec effort,

Lui redemande Albert si fidèle et si tendre,

Intrépide guerrier, digne d'un meilleur sort,

Les trois frères qu'on vit s'élancer à la mort,

De la foi du serment religieux apôtres;

Mathilde les pleurait, mais n'en pleurait point

  d'autres....

  De nombreux poursuivans n'étaient plus, lors-

  qu'un jour

D'un brillant chevalier l'arrivée imprévue

Apporta de nouveau le trouble en ce séjour.

Il vient des hauts remparts entreprendre le tour.

Parvenu près du gouffre, il y jette la vue,

Et, mortel au-dessus des vulgaires terreurs,

En sonde, sans pâlir, les vastes profondeurs.

D'un éclat vif et doux son œil noir étincelle.

Qui l'admire un moment veut l'admirer encor,

Et des beaux cheveux blonds que son casque recèle

Le long d'un cou nerveux roulent les boucles d'or.

Calme et fier, sous l'abri d'une armure éclatante,

Il marche; à la princesse un page le conduit.

De son hardi dessein sans retard il l'instruit,

L'assurant qu'un seul mot va combler son attente.

En le voyant (Amour, ce sont là de tes jeux!)

La vierge a ressenti des craintes inconnues

Et les molles langueurs d'un plaisir douloureux,

Pour la première fois à son cœur parvenues.

Elle rougit : Mathilde elle-même a pu voir

Que l'amour à la fin s'est glissé dans son âme,

D'autant plus dangereux que, d'une tendre flamme

Libre jusqu'à ce jour et soumise au devoir,

La cruelle a long-temps méprisé son pouvoir !

Il est à ses genoux : mais, à feindre impuissante,

Alors qu'il sollicite un congé périlleux,

Des larmes, qui soudain s'échappent de ses yeux,

Ont révélé son trouble et son ardeur naissante.

« Ah ! sire chevalier, fuyez ce lieu maudit ;

» Je ne saurais vouloir votre perte certaine,

» Et, bien qu'un tel refus doive m'être interdit,

» Qu'aujourd'hui ma prière au moins ne soit pas

    » vaine ! »

— « Je ne le puis, dit-il ; un serment m'a lié. »

— « Seigneur, ah ! s'il est vrai que, pour moi sans

    » pitié,

» A mes vœux suppliants vous soyez insensible,

» Différez d’un seul jour; l’effort vous est possible.»

Par son ordre bientôt, le soir, est préparé,

Dans une salle immense, un festin magnifique.

En pompe elle y conduit ce mortel préféré;

Par mille soins divers à le charmer s’applique.

Lui, qui déjà sourit d’un triomphe assuré,

Voulant, comme à plaisir, augmenter son ivresse,

Prend la harpe du barde et chante la tendresse.

Avec âme, il célèbre, en des vers ravissants,

De deux cœurs enflammés les transports renaissants,

Les soupirs, les refus, la volupté des larmes :

Et, d’un bonheur nouveau savourant tous les charmes,

Attachée à des yeux qui troublent sa raison,

Mathilde, sans alarmes,

De l’amour, à longs traits, y boit le doux poison.

Sans pouvoir à ses maux trouver quelque remède,

Durant la longue nuit un seul penser l'obsède.

« De cette épreuve, ô ciel! s'il sortait triomphant,

» Se dit-elle … ah! comment supporter mon délire?

» Aux cœurs tendres l'Amour est propice; il défend

» L'amant vrai qui l'honore et chérit son empire.

» Dieu! s'il faut qu'il succombe et périsse aujourd'hui,

» Au moins dans le tombeau j'irai m'unir à lui. »

Des feux purs du matin l'horizon se colore.

Bientôt, de frais atours se parant à dessein,

Elle revoit le front du héros qu'elle adore,

Et, tout bas, se rassure en le voyant serein.

Un charme irrésistible auprès de lui l'appelle.

« Vainement je voudrais te le cacher, dit-elle,

» O noble chevalier, tu possèdes mon cœur!

» A la vie, à la mort, ton épouse fidèle,

» Ici, j'ose à toi-même avouer mon vainqueur. »

Et Mathilde, pour lui frémissant par avance,

Le serre avec transport sur son sein palpitant:

Mais le guerrier se dérobe à l'instant

A ces séductions dont il craint la puissance.

« Le moment du baiser doit être différé,

» A-t-il dit : des clairons le son s'est fait entendre.

» Adieu, Comtesse, adieu; ce signal désiré

» Au rempart, sans tarder, me prescrit de me

» rendre. »

Déjà, béni du prêtre et montant son coursier,

Il s'élance; il a fui Mathilde évanouie;

Et, du gouffre béant suivant l'âpre sentier,

Tout semble seconder son audace inouie. . .

Achevant cette route où nul n'est retourné,

C'en est fait, la victoire au but l'a couronné!!!

Mille cris parvenus jusques à la comtesse,

Mille cris glorieux dissipent son effroi.

Au-devant du héros elle court et s'empresse :

« Tu triomphes, dit-elle, et Mathilde est à toi!

» De ces lieux ta présence a banni la tristesse.

» Heureuse enfin par toi, j'existe; et dès ce jour

» J'appartiens au bonheur et je connais l'amour.

» Ah! garde sur mon cœur ta puissance absolue;

» Règne; sois mon époux, je bénis ce lien.

» Comme son défenseur et son maître et le mien,

» Le Kinast aujourd'hui par ma voix te salue! »

La foule applaudissait; mais sur les fronts joyeux,

Pendant quelques instans, l'étranger soucieux

Promène son regard sévère.

« De vos transports, dit-il, que l'ardeur se modère,

» Vassaux! je suis sensible à ces transports touchants;

» Mais laissez ces apprêts; faites taire ces chants...

» Dans vos yeux, tout-à-coup, quoi! la surprise

       » est peinte!

» Ecoutez : maintenant je puis parler sans feinte.

» A ce cœur qui pour elle a bravé le trépas

» S'offre la fiancée... et moi, je n'en veux pas

» Comtesse du Kinast! abjurons la contrainte :

» Où sont tous mes amis... guerriers infortunés

» Qu'un amour déplorable a sans fruit moissonnés?

» Le jeune comte Albert, et trois héros, trois frères,

» Où sont-ils? dans l'abîme où les plongea ta main;

» Et cette main, mon œil la voit avec dédain!

» Apprends donc quelle idée, au séjour de mes pères,

» Comme un éclair sinistre éblouissant mes yeux,

» Soudain m'a fait quitter ces campagnes si chères :

» Sous les lois de l'hymen, ne crois pas qu'en ces
            » lieux

» Je puisse, heureux captif, m'engager dans ta
            » chaîne :

» Une épouse adorée embellit mon domaine. . .

» Mais j'aurai triomphé si Mathilde a compris

» Quelle est, pour un amant fidèle et bien épris,

» D'un sentiment trompé la douleur sans égale ;

» Tu le sais, et du ciel l'équité se signale.

» Je pars : un peu d'orgueil, ô mon cœur, t'est
            » permis !

» Au fond de leur tombeau j'ai vengé mes amis ! »

Aussitôt s'éloignant sur son coursier rapide,

Il laisse le château plongé dans la stupeur ;

Et tel qui souriait, plein d'un espoir trompeur,

Sent des larmes rouler sous sa paupière humide.

La comtesse est muette ; et d'un songe accablant,

Dans son effroi, long-temps croit être poursuivie ;

Mais, sans pouvoir chasser ce songe désolant,

De quelques serviteurs Mathilde au loin suivie,

Pâle, au bord de l'*Enfer* s'avance en chancelant.

« L'Amour s'est bien vengé ; je dois mourir, dit-elle.

» Tout ce que vaut la vie, il me l'a fait chérir.

» Hélas ! je n'avais point le cœur de l'infidèle,

» Et pour moi tout espoir s'éteint...Je dois mourir.

» Mes tristes fiancés, ce jour affreux m'éclaire ;

» Comme vous j'ai laissé mon amour sur la terre ! »

Et, prompte, elle s'élance au dernier rendez-vous.

Et des voix qui montaient du milieu des ténèbres

Ont semblé murmurer : « Notre amie, est-ce vous?

» Quel sombre désespoir trouble vos yeux si doux?

» Quoi! vous-même en nos bras... Ah! dans ces

    » lieux funèbres,

» Loin du ciel des vivans, s'il lui manque un époux,

» La fiancée encor peut choisir entre nous! »